Bérénice

FichesdeLecture.com

Bérénice
(Fiche de lecture)

I. INTRODUCTION

Bérénice est une tragédie en cinq actes et en alexandrins, écrite par Jean Racine (1639-1699). Elle est représentée pour la première fois au théâtre de l'hôtel de Bourgogne (Paris) en novembre 1670, et publiée l'année suivante.

Il s'agit de la sixième pièce de Racine ; mais *Bérénice* tient une place tout à fait particulière dans son œuvre, tant au niveau de l'esthétique audacieuse que de la conception de la tragédie qui y est transmise. C'est notamment sur la question du tragique dépourvu de bain de sang, ainsi que sur la simplicité de la pièce, que Racine s'est rapidement opposé à Corneille. Leur rivalité a d'ailleurs fait couler beaucoup d'encre. Quoi qu'il en soit, le succès et la postérité de *Bérénice* montrent à quel point cette pièce constitue une tragédie politique à part entière.

II. RÉSUMÉ DE LA TRAGÉDIE

Acte I

La pièce s'ouvre à Rome, où le deuil de la mort de Vespasien touche à sa fin. Le roi de Comagène Antiochus, ami du nouvel empereur Titus, a décidé d'avouer son amour à Bérénice puis de partir. Il est en effet amoureux de la reine de Palestine depuis cinq ans, mais cette dernière est destinée à épouser Titus. Antiochus envoie donc son confident Arsace demander une entrevue à la reine. Ce dernier s'étonne des précautions prises par Antiochus, ancien amant de Bérénice. Il ne comprend pas non plus qu'Antiochus veuille quitter Rome, alors que Titus accède au pouvoir : le nouvel empereur a en effet une dette envers lui.

Toutefois, Bérénice reste insensible, voire hautaine, lorsqu'il lui fait sa déclaration, puis elle le laisse s'en aller et prétend lui pardonner sa confession au nom de leur amitié. Sa confidente, Phénice, lui reproche alors de ne pas l'avoir « retenu », ce qui aurait pu être utile dans cas où le Sénat romain viendrait à s'opposer à son mariage, puisque l'union est contraire aux lois romaines. Bérénice lui déclare alors l'amour passionné qu'elle porte au maître de Rome.

Acte II

Titus décide qu'Antioche va raccompagner Bérénice en Orient, car il a décidé de privilégier sa gloire à l'amour. Il reçoit la reine avec froideur, ne sachant trop comment lui annoncer la nouvelle. Il évoque son deuil pour justifier le fait de renoncer à elle. Ce comportement trouble Bérénice, qui se rassure comme elle peut en imaginant que cela vient d'une possible jalousie envers Antiochus.

Acte III

Titus donne l'ordre à Antiochus d'annoncer sa décision à Bérénice. Antiochus craint alors de provoquer la haine de la reine, mais il s'acquitte tout de même de sa mission et lui déclare que Titus l'abandonne. Bérénice le congédie, blessée et perdue ; elle a du mal à le croire. Malgré les conseils d'Arsace, qui pense que l'espoir renaît pour Antiochus, ce dernier décide quand même de quitter Rome.

Acte IV

Après un long monologue au cours duquel Titus choisit la gloire au lieu de l'amour, il a enfin le courage de venir en personne parler à Bérénice. La reine menace de se tuer. Titus est désespéré et voudrait bien intervenir, mais Paulin l'en dissuade, car Rome attend son empereur.

Antiochus intervient alors pour que l'empereur la dissuade de ce funeste projet. Or au même moment, Titus est averti que la foule est venue l'acclamer. L'empereur choisit d'aller saluer son peuple, mais demande à Antiochus d'assurer la reine de l'amour qu'il lui porte. Cela déstabilise complètement Antiochus.

Acte V

La reine veut partir, car elle est offensée par le fait que Titus ait choisi son État plutôt qu'elle. Cela fait renaître l'espoir d'Antiochus.

Mais l'empereur n'en est pas moins toujours amoureux de la reine, et il annonce qu'il se tuera si Bérénice refuse d'accepter leur séparation. Antiochus est présent lors de leur dernière rencontre ; il se reproche à lui-même d'avoir repris espoir un instant. Il avoue à Titus qu'il était son rival, et réitère sa volonté de partir. Devant cet aveu, la reine parvient à mieux accepter la séparation ; elle retournera donc seule en Palestine, afin que tous trois prouvent leur vertu au monde et en fassent un exemple.

III. PRÉSENTATION DES PERSONNAGES

Bérénice

Bérénice est une princesse palestinienne. Elle est promise à l'empereur romain Titus, mais celui-ci choisit de privilégier sa gloire et la renvoie dans son pays. Son personnage a des racines historiques, puisque Bérénice était en réalité la fille d'Agrippa Ier, petit-fils d'Hérode le grand et Roi de Judée. Bérénice est une femme très sûre d'elle, ce qui est en partie dû à son rang. Mais c'est surtout une femme amoureuse et passionnée, ce qui se retourne petit à petit contre elle, en affaiblissant sa maîtrise d'elle-même.

Son personnage évolue au cours de la pièce, passant d'une femme hautaine et sûre d'elle à la mise à mort de ses espoirs. Au départ pourtant, elle s'en remet à Titus, ce que l'on voit au fait que celui-ci ne cesse d'agrandir les territoires possédés par la reine (en ajoutant « l'Arabie et la Syrie entière ») ; mais Bérénice, dans le même temps, a délaissé sa vie en Palestine pour s'installer à Rome, quitte à vivre loin de sa famille et de ses proches. Avant son statut de reine, Bérénice est donc une femme amoureuse et passionnée. Son ambition est proportionnelle à l'amour et l'espoir mis en Titus. D'ailleurs, elle avoue ne pas l'aimer pour son rang et sa nouvelle position impériale, mais pour ce qu'il est (« n'aime en lui que lui-même »). Cet amour est doublé d'une confiance telle qu'elle parvient à peine à le croire lorsqu'il annonce qu'il ne peut la choisir.

Cet abandon au profit de la gloire plonge Bérénice dans le désespoir, au point qu'elle se révèle capable de tous les compromis pour rester aux côtés de l'homme qu'elle aime. Elle propose par exemple de s'installer clandestinement dans la ville, afin d'être la maîtresse secrète de Titus. Par la suite, elle est rapidement prête à se tuer. Elle quitte son discours de reine pour celui d'amoureuse désespérée, ce qui provoque un sentiment de pitié chez le spectateur.

Antiochus

Roi de Comagène, il est profondément amoureux de Bérénice. On apprend qu'il a combattu aux côtés de Titus, et que ce dernier lui est redevable. À la base, Bérénice lui était promise, mais la reine s'éprend de Titus. Le valeureux soldat s'efface alors pour laisser apparaître « soupirs » et « mélancolie ».

Malgré les encouragements d'Arsace, son suivant, Antiochus ne profite pas des opportunités qui lui sont parfois offertes pour séduire celle qu'il aime. En réalité, c'est un personnage fondamentalement inactif, dont l'action ou l'inaction dépendent donc énormément des décisions des autres personnages, en particulier de Bérénice et de Titus.

Titus

Titus est le nouvel Empereur de Rome, et est le fils de Vespasien. Il aime profondément Bérénice, ce que l'on remarque à plusieurs niveaux de transformation de son personnage. Mais le fait qu'il obtienne le pouvoir suprême le place dans un cas de dilemme tragique, entre amour et gloire (d'autant que son union avec Bérénice est d'avance condamnée par les lois de la cité).

Dès cet instant, Titus agit selon son statut, c'est-à-dire selon ce à quoi le pouvoir le lie. Lui-même conclut d'ailleurs avec fatalisme : « Mais il ne s'agit plus de vivre, il faut régner ».

Arsace

Arsace cherche régulièrement à pousser Antiochus dans sa reconquête de Bérénice. Il se veut plus optimiste que lui, recherche les opportunités pour que le roi se place.

Mais l'erreur d'Arsace est de se fier entièrement à des critères logiques, même lorsqu'il s'agit d'analyser l'amour. Il déclare par exemple : « Tout parlera pour vous » et cite les nombreuses raisons qui ne devraient pas manquer de pousser Bérénice dans les bras d'Antiochus ; or on voit bien que cela n'aboutit pas. Arsace n'apparaît donc pas, dès lors, comme un personnage tragique, mais romanesque.

IV. AXES D'ANALYSE DE L'ŒUVRE

La violence racinienne

Racine, dans sa Préface de 1671, nous livre les clefs de sa pièce et sa conception du théâtre, en particulier concernant la tragédie. Voici ce qu'il y est écrit : « ce n'est point une nécessité qu'il y ait du sang et des morts dans une tragédie » ; cette formule est restée célèbre, en raison notamment de son application parfaite à l'analyse de *Bérénice*.

Il est vrai qu'on assimile, souvent à tort, tragédie et bain de sang. Or Racine rappelle que ce n'est pas une condition sine qua non du genre, d'autant plus que la bienséance exige que la violence passe par le discours, la parole rapportée, et non la représentation sur scène des actes les plus atroces.

Or, on le voit bien ici, et à la différence de la plupart des pièces du dramaturge, si le dénouement est tragique, il n'a rien de funèbre. Il n'y a pas de mort physique, mais des départs et autres déchirements de la séparation. On passe alors à une mort plus « noble », plus tragique donc, qui est une mort spirituelle des personnages.

Le dilemme des héros tragiques

Le tragique passe également par cet élément récurrent qu'est le dilemme venant déchirer intérieurement un héros du genre.

Ici, c'est dans Titus que s'exprime la douleur du choix tragique (qui bien souvent n'est même plus un choix) ; le nouvel empereur est déchiré entre le pouvoir et l'amour. Nous l'avons vu, il choisira sa carrière politique à Bérénice. Comme c'est souvent le cas, aucune solution n'est parfaite ou satisfaisante pour le personnage. En général, les dilemmes des héros tragiques viennent opposer un sens du devoir à une passion ou un ressenti qui s'y oppose.

Dans *Bérénice*, ce n'est pas seulement à la cohabitation entre la passion amoureuse des protagonistes et le monde politique que nous assistons, puisque Racine va plus loin en faisant de cette passion le véritable enjeu politique de la tragédie. Titus violera-t-il les lois sacrées de la Cité en épousant une princesse étrangère dès le début de son règne ? Ou bien choisira-t-il d'obéir à son devoir ? La réponse n'est pas donnée d'emblée, dans la mesure où les sentiments entre les personnages sont extrêmement forts, mais aussi parce que Titus doit trouver un juste équilibre dans sa manière de gouverner. Il ne doit donc ni céder de manière automatique à la pression populaire émanant de Rome, ni céder à des tentations tyranniques en imposant son choix.

La « tristesse majestueuse »

On a beaucoup opposé cette pièce au *Tite et Bérénice* de Corneille, mettant ainsi les deux dramaturges en concurrence ; or Corneille a fait le choix d'une intrigue plus compliquée, d'un schéma narratif en quadrille entrecoupé de nombreux rebondissements.

Il est donc en opposition totale à la démarche de Racine, qui a privilégié la « tristesse majestueuse ». La simplicité de Racine a pu lui être reprochée car, en effet, *Bérénice* repose sur peu de personnages et une action finalement simpliste. D'ailleurs, les partisans du drame ont souvent jugé l'intrigue inexistante ; on peut citer Théophile Gautier : « *Bérénice n'est pas une tragédie... c'est une élégie dramatique qui renferme des morceaux pleins d'une grâce un peu molle et d'une sensibilité un peu larmoyante* ».

Ces considérations ont soulevé de nombreuses questions portant sur la nature tragique de la pièce, qui ne paraissent offrir comme enjeu, à première vue, qu'une souffrance liée à la séparation amoureuse. Or justement Corneille, dans *Discours du poème dramatique,* écrit ceci : « la dignité de la tragédie (…) veut donner à craindre des malheurs plus grands que la perte d'une maîtresse ». Cela revenait directement à dire que *Bérénice* était exclue du champ de la tragédie.

Pièce implexe contre simplicité racinienne : tout est donc venu opposer Racine et Corneille sur ce thème de Bérénice. Or il apparaît un peu rapide de souligner la faiblesse des personnages et leur « sensibilité larmoyante » sans se pencher sur la structure et la thématique de la pièce elle-même. Déjà, les personnages n'ont rien de faible, puisqu'ils portent en eux les qualités liées à leur rang : Titus est passionné et amoureux, mais il est conscient de sa place d'empereur : Antiochus est prêt au sacrifice et Bérénice a encore beaucoup des traits d'une Reine. Et même si l'univers au sein duquel ils évoluent ne semble pas immédiatement propice au développement de la tragédie, celle-ci finit tout de même par apparaître.

Car chaque prise de parole implique un aveu, et donc un enjeu qui dépasse le niveau individuel. Toute la force du langage, mais aussi de l'implicite, est déployée afin de détruire ce microcosme qui nous apparaissait d'abord idéal. Peu de genres ont autant privilégié la force du langage et de ses répercussions sur les personnages ; la tragédie est l'un d'entre eux, et poussée au paroxysme par Racine.

Les personnages, après bien des échanges et des aveux, sont peu à peu sortis de leur univers initial, et font l'expérience douloureuse de la réalité. Titus a le pouvoir : il en souffrira les conséquences sur ses propres passions, car le devoir l'appelle, tout comme Bérénice et Antiochus à leur propre niveau, d'ailleurs.

On voit alors que la parole permet aux protagonistes de se dépasser afin de s'accorder avec la réalité qui est révélée par l'exercice du pouvoir. Ils quittent alors leur cocon romanesque pour rejoindre la tragédie…et l'Histoire. Leur rang et leur vertu sont révélés par leur ultime décision de poursuivre une mission morale : « Servons tous trois d'exemple à l'univers/ De l'amour la plus tendre et la plus malheureuse/Dont il puisse garder l'histoire douloureuse ».

Notons tout de même que la pièce a bien un caractère élégiaque, souvent souligné par les difficultés à agir éprouvées par les personnages. Mais cette élégie passe par une véritable poésie, qui vient fusionner les règles et exigences des classiques avec les vertus des héros tragiques.

Dans la même collection en numérique

Escadrille 80

Inconnu à cette adresse

La controverse de Valladolid

Les Vilains petits canards

Une partie de campagne

Cahier d'un retour au pays natal

Dora Bruder

L'Enfant et la rivière

Moderato Cantabile

Alice au pays des merveilles

Le faucon déniché

Une vie

Chronique des Indiens Guayaki

Je voudrais que quelqu'un m'attende quelque part

La nuit de Valognes

Œdipe

Disparition Programmée

Education européenne

L'auberge rouge

L'Illiade

Le voyage de Monsieur Perrichon

Lucrèce Borgia

Paul et Virginie

Ursule Mirouët

Discours sur les fondements de l'inégalité

L'adversaire

La petite Fadette

La prochaine fois

Le blé en herbe

Le Mystère de la Chambre Jaune

Les Hauts des Hurlevent

Les perses

Mondo et autres histoires

Vingt mille lieues sous les mers

99 francs

Arria Marcella

Chante Luna

Emile, ou de l'éducation

Histoires extraordinaires

L'homme invisible

La bibliothécaire

La cicatrice

La croix des pauvres

La fille du capitaine

Le Crime de l'Orient-Express

Le Faucon malté

Le hussard sur le toit

Le Livre dont vous êtes la victime

Les cinq écus de Bretagne

No pasarán, le jeu

Quand j'avais cinq ans je m'ai tué

Si tu veux être mon amie

Tristan et Iseult

Une bouteille dans la mer de Gaza

Cent ans de solitude

Contes à l'envers

Contes et nouvelles en vers

Dalva

Jean de Florette

L'homme qui voulait être heureux

L'île mystérieuse

La Dame aux camélias

La petite sirène

La planète des singes

La Religieuse

1984 A l'Ouest rien de nouveau

Aliocha

Andromaque

Au bonheur des dames

Bel ami

Bérénice

Caligula

Cannibale

Carmen

Chronique d'une mort annoncée

Contes des frères Grimm

Cyrano de Bergerac

Des souris et des hommes

Deux ans de vacances

Dom Juan

Electre

En attendant Godot

Enfance

Eugénie Grandet

Fahrenheit 451

Fin de partie

Frankenstein

Gargantua

Germinal

Hamlet

Horace

Huis Clos

Jacques le fataliste

Jane Eyre

Knock

L'homme qui rit

La Bête humaine

La Cantatrice Chauve

La chartreuse de Parme

La cousine Bette

La Curée

La Farce de Maitre Pathelin

La ferme des animaux

La guerre de Troie n'aura pas lieu

La leçon

La Machine Infernale

La métamorphose

La mort du roi Tsongor

La nuit des temps

La nuit du renard

La Parure

La peau de chagrin

La Petite Fille de Monsieur Linh

La Photo qui tue

La Plage d'Ostende

La princesse de Clèves

La promesse de l'aube

La Vénus d'Ille

La vie devant soi

L'alchimiste

L'Amant

L'Ami retrouvé

L'appel de la forêt

L'assassin habite au 21

L'assommoir

L'attentat

L'attrape-coeurs

Le Bal

Le Barbier de Séville

Le Bourgeois Gentilhomme

Le Capitaine Fracasse

Le chat noir

Le chien des Baskerville

Le Cid

Le Colonel Chabert

Le Comte de Monte-Cristo

Le dernier jour d'un condamné

Le diable au corps

Le Grand Meaulnes

Le Grand Troupeau

Le Horla

Le jeu de l'amour et du hasard

Le Joueur d'échecs

Le Lion

Le liseur

Le malade imaginaire

Le Mariage de Figaro

Le meilleur des mondes

Le Monde comme il va

Le Parfum

Le Passeur

Le Petit Prince

Le pianiste

Le Prince

Le Roman de la momie

Le Roman de Renart

Le Rouge et le Noir

Le Soleil des Scortas

Le Tartuffe

Le vieux qui lisait des romans d'amour

L'Ecole des Femmes

L'Ecume Des Jours

Les Bonnes

Les Caprices de Marianne

Les cerfs-volants de Kaboul

Les contes de la Bécasse

Les dix petits nègres

Les femmes savantes

Les fourberies de Scapin

Les Justes

Les Lettres Persanes

Les liaisons dangereuses

Les Métamorphoses

Les Mouches

Les Trois mousquetaires

L'étrange cas du Dr Jekyll et de Mr Hyde

L'Ile Au Trésor

L'île des esclaves

L'illusion comique

L'Ingénu

L'Odyssée

L'Ombre du vent

Lorenzaccio

Madame Bovary

Manon Lescaut

Micromégas

Mon ami Frédéric

Mon bel oranger

Nana

Ne tirez pas sur l'oiseau moqueur

Notre-Dame de Paris

Oliver twist

On ne badine pas avec l'amour

Oscar et la dame rose

Pantagruel

Le Misanthrope

Perceval ou le conte du Graal

Phèdre

Ravage

Roméo et Juliette

Ruy Blas

Sa Majesté des Mouches

Si c'est un homme

Stupeur et tremblements

Supplément au voyage de Bougainville

Tanguy

Thérèse Desqueyroux

Thérèse Raquin

Ubu Roi

Un Barrage contre le Pacifique

Un long dimanche de fiançailles

Un secret

Vendredi ou la vie sauvage

Vipère au poing

Voyage au bout de la nuit

Voyage au centre de la terre

Yvain ou le Chevalier au lion

Zadig

À propos de la collection

La série FichesdeLecture.com offre des contenus éducatifs aux étudiants et aux professeurs tels que : des résumés, des analyses littéraires, des questionnaires et des commentaires sur la littérature moderne et classique. Nos documents sont prévus comme des compléments à la lecture des oeuvres originales et aide les étudiants à comprendre la littérature.

Fondé en 2001, notre site FichesdeLectures.com s'est développé très rapidement et propose désormais plus de 2500 documents directement téléchargeables en ligne, devenant ainsi le premier site d'analyses littéraires en ligne de langue française.

FichesdeLecture est partenaire du Ministère de l'Education du Luxembourg depuis 2009.

Plus d'informations sur www.fichesdelecture.com

ISBN: 978-2-511-02861-2

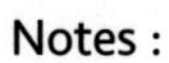
Notes :